No soy Alicia

Emma Cabal

No soy Alicia

FOTOGRAFÍAS:
Alejandro Nafría

ORPHEUS EDICIONES CLANDESTINAS

© Emma Cabal

© FOTOGRAFÍAS: Alejandro Nafría

© 2023 Orpheus Ediciones Clandestinas

DISEÑO, COMPOSICIÓN Y EDICIÓN:
ORPHEUS EDICIONES CLANDESTINAS
Gijón, Asturias, España
editorial@orpheus.es
orpheus.es

ISBN: 978-84-196913-3-0
DEPÓSITO LEGAL: AS-01672-2023

ESTE LIBRO HACE EL Nº 105 DEL CATÁLOGO DE ORPHEUS

Impreso por Podiprint

Impreso en España - *Printed in Spain*

Gijón, Principado de Asturias (España), 2023

A todas las mujeres

A mi madre, entre todas las mujeres

[I. Principio]

Hace seis minutos era yo. No sé cómo ocurrió, no sé cómo lo hiciste.

Probablemente he cerrado los ojos y tú aprovechaste ese momento para visitarme, para instalarte furtivamente en mi cuerpo.

Yo estaba ante el espejo cuando comprendí que mis piernas no eran las mías, sino las tuyas. Las reconocí por las medias de nylon. Mis manos (aún las mías) se deslizaron por mi espalda y la recorrieron de abajo a arriba, temblorosas, a trompicones. A tus pies (ya los tuyos) no les fue difícil subirse sobre los tacones.

No sé cómo lo hiciste, pero ahora eres tú, mamá, la que me miras desde el otro lado del espejo.

2.- Yoga

Es mentira. No existe el País de las Maravillas ni hay nada detrás del espejo. Los conejos no hablan y el único gato que conozco vive en el patio de mi casa, come las sobras que le dejo y no permite que me acerque a menos de cinco metros. Tal vez tenga una orden judicial. Como mi marido. Pero esa es otra historia.

Visualiza. Respira profundamente. Una playa, el sol. Respira. El sol toca tus dedos. Relajación, profunda relajación y des-

canso. Como al borde del sueño, al borde del sueño.

Chorradas. Lo que tengo que hacer es irme de verdad. Al Caribe, no sé, o a Torremolinos o al bar de al lado. Salir de aquí. Mandar a la mierda a la señora Luisa, a las maestras de los niños (esas señoritingas que se creen que lo saben todo) y al Padre José, que dice que hay que rezar y resignarse.

Estás sobre la arena. Sientes su dureza. Siente cómo tu cuerpo deja una huella en la arena. Respira. No dejes de estar atenta a tu respiración. Imagina un lugar precioso, donde estás a gusto, cierra los ojos y relájate. Al borde del sueño.

Sí, sí, todo eso está muy bien, pero no puedo con este dolor de cabeza que vive conmigo desde hace meses. «¿Qué tengo, doctor?». «Ansiedad con crisis de pánico, ataques de angustia, depresión, hipocondría aguda…». Toma ya.

Con un lápiz dibuja tu silueta sobre la arena. Respira por todos los poros de tu piel. Respira por tu ombligo. Respira por tus órganos genitales.

Hasta aquí hemos llegado. ¿Sabes qué más? Que me voy. Me levanto y me voy.

Llamaré a Ana y saldremos a emborracharnos y a dejarnos comer. Hasta que no quede nada de nosotras, hasta que nos desvanezcamos, hasta que llegue el verano y todo cambie.

Como al borde del sueño. Al borde del sueño.

3.- Despedida

Sí, sí, ya lo sé. Te vas. No te preocupes, podré soportarlo; he salido ya de varias. Y lo entiendo, claro, sé que mi vida no es fácil.

Ahí está, en esa maleta, al lado de la cama.

Claro, puedes llevarte los discos; llévate lo que quieras.

¿Los niños? Están bien, están bien. Han sobrevivido a su padre, así que de esto no van ni a enterarse. Tampoco ha sido tanto tiempo. Tú tranquilo.

Y yo estoy bien también. Que sí, de verdad.

No. Hoy no voy a quedar con Ana. Tiene una cena de trabajo. Pero mañana iremos al cine.

¿Las fotos? Sí, claro, llévatelas también.

¿Te llamo un taxi? No sé si vas a poder con todo.

Sí, tienes razón, ha sido muy bonito, ha sido estupendo, pero a veces las cosas se acaban.

Hale. Tú no te preocupes por nada y sé feliz. Todo está bien. Hablamos. Sí, claro, seguimos siendo amigos. Llámame cuando quieras.

Venga, dos besos, como los amigos.

Ten cuidado al salir. Cierra bien la puerta.

Hijo de puta, hijo de puta, hijo de puta…

4.- Médico de cabecera

Buenas, Pedro.

Solo vengo para demostrarte lo bien que estoy y para que me digas si podemos ir quitando ya los antidepresivos.

Vale, vale, hazme un chequeo y todas las preguntas que quieras.

¿Que he adelgazado otro kilo? Bueno, no sé, ando muy liada con el trabajo en casa de doña Luisa y con los preparativos para la comunión de la niña.

Ahora, en mayo.

No, su padre no vendrá, claro, no puede acercarse, ya lo sabes. Pero la verá el día antes, en el punto de encuentro.

Estoy comiendo bien, de verdad, y me hincho a chocolate todas las noches.

Vaya, esta sí que es buena, que quieres mirarme entonces la glucosa. Mira, mira.

La tensión por los suelos, ya lo sé, ya lo sabes. Y el dolor de cabeza sigue, sí. ¿Con qué frecuencia? Pues no sé; a diario. Por cierto, dame paracetamol, anda.

Sí, la tos, la tos también sigue. Algún día dejaré de fumar, lo prometo. Pero ahora no. Antonio se ha ido, ¿sabes? Me ha dejado.

No, bien, lo llevo bien. No es la primera vez que me dejan.

Pero dame algún jarabe para tomar antes de dormir.

Bueno, dormir dormir no duermo muy bien. Oye, ¿te acuerdas de aquellas pastillas que me recetaste hace tiempo? Las que me dejaban inconsciente más de seis horas. Me vendrían bien ahora.

¿El colon? Irritado e irritable, como siempre, como yo. Pero para eso no hay nada, ¿no?

No, sofocos todavía no tengo, no me jodas. Espero que me queden años todavía. Di tú que para qué.

¿Citología? ¿Mamografía? Pues vale, lo que tú digas. Tú mandas.

Pues no, esas letras de ahí abajo no las veo. No, no había notado nada; como casi no leo… Pero, ahora que lo dices, el otro día buscaba un número de teléfono en la guía y tuve que decirle a la niña que me lo mirara ella. ¿Al oculista también, entonces? Hale, ya que estamos…

Y por cierto, ya que estamos, ¿podrías darme también una receta de orfidal? Ya te digo que estoy bien, pero me tranquiliza mucho el hecho de llevarlos en el bolso, de saber que están ahí.

¿Ves? Te lo dije, estoy perfectamente.

5.- Mensajes en el contestador

Uno:

Ana, cielo, ¿dónde andas? Es la tercera vez que te llamo. Escucha. Necesito un café, una comida o mejor todavía, cena y copas. Han pasado muchas cosas. Llámame.

Dos:

Ana, cuca, ¿pasa algo?

Tres:

Pues no voy a tener más remedio que empezar a hablarle a esta máquina…

¿Sabes? La bruja me ha despedido. Muy finamente, como lo hace ella todo. Primero me dio un paquete, «un regalo para la comunión de la niña», dijo. Ay, Ana, una horterada horrible: una caja de madera con un angelito de plata en la tapa, que ya me dirás para qué la quiere mi niña. Mejor me hubiera dado el dinero que le costó.

Y luego empezó a llorarme; que si la vida estaba muy mala, que si todos íbamos a tener que apretarnos el cinturón... y por fin lo soltó: que se marchaba dos meses al pueblo y que, a la vuelta, iba a tener que prescindir de mis servicios, que ya veríamos cuando las cosas mejorasen.

Y yo allí, con cara de boba, diciendo «claro, doña Luisa». Que esa es otra, todavía me acuerdo cuando me contrató: «Es mejor que nos tratemos de usted, nos da más categoría a las dos», y a los diez minutos ya me estaba tuteando.

Y luego está lo de Antonio. Lo he visto, Ana. Él a mí no. Iba por la calle, completamente enroscado con una con una pinta de fulana impresionante. «Necesito espacio», me dijo el muy cabrón cuando se fue; pues no había ni un centímetro de espacio entre él y esa zorra.

Y el médico. Estoy cagada, Anita. Me ha llamado para que pase mañana por su consulta, que ha habido un problema con la citología, que por teléfono...

Cuatro:
Joder, Ana, ya no cabe más en el contestador. ¿Quieres llamarme de una vez?

Mierda.

6.- Confesión

Ave María Purísima.

Verá padre, no sé muy bien por qué he venido. Bueno, sí lo sé, son los residuos de esa educación de catorce años en colegio de monjas. Que yo no creo, ya lo sabe usted, pero un poco sí, y todavía pienso que si comulgo en la comunión de la niña sin haber pasado antes por aquí, va a abrirse el techo y a caer sobre mí un rayo divino.

¿Cuánto hace? Pues desde que me casé, casi once años, que también entonces me confesé para que Dios no se enfadara por ir preñada y vestida de blanco.

Me acuso… de odiar. Sí, sí, como lo oye. Hace unos meses le hubiera dicho que mi mayor pecado debía de ser la soberbia, porque a mí me parecía que era muy buena y no tenía nada de qué arrepentirme.

Pero ahora no. Ahora odio.

Odio a mi exmarido, que me pegaba cada vez que volvía cansado a casa y me hacía sentirme como una mierda.

Odio a doña Luisa, que me ha dejado en la calle sin trabajo, sin contemplaciones y sin indemnizaciones y me ha tratado siempre como una mierda.

Odio a Antonio, que hace meses me llamaba «mi princesa», y ahora...

Odio a Ana. Odio a Ana con todas mis fuerzas, con todo mi cuerpo, con todas mis vísceras. ¿Sabe? No la reconocí por la calle, pero resulta que era ella. Era ella. Era ella.

Hubiera puesto la mano en el fuego por ella. Y era ella la zorra que lo abrazaba. Y ni siquiera ha tenido el valor de llamarme, de hablar conmigo.

Odio a Dios, que me ha mandado un cáncer que me tiene muerta de miedo. Los médicos dicen que hay muchas posibilidades de curación, que lo han detectado a tiempo, pero, *diosmío*, no puedo morirme. No puedo. Mis hijos.

Y me odio a mí misma por no ser capaz de levantar cabeza, por sentirme

hundida, enfangada, ahogada en mierda. Por sentirme una mierda.

¿Y de verdad cree, padre, que esto
mío se arregla con tres padrenuestros?

7.- Peluquería

Buenas tardes, Sonia. ¿Tienes un hueco? ¿En diez minutos? Vale, genial, espero hojeando una revista.

Bien, estoy bien. Algo cansada; pero también liberada, al haberme quitado ya de en medio la comunión de la niña. Iba realmente preciosa, y no es porque sea hija mía, que lo decía todo el mundo. Solamente... bueno, no sé, no me hagas caso. A ratos me parecía que estaba triste. Supongo que para ella era un día importante, y aunque su padre sea como es, le dolería que no pudiera estar allí. Y en casa tampoco ve mucha alegría a diario, que digamos.

Además, se llevaba muy bien con Ana, y se disgustó mucho cuando le dije que ya no estaba invitada y que nos habíamos enfadado. No le di explicaciones; ¿cómo se le explica a una niña de nueve años la traición?

Y luego está lo mío, de lo que tampoco le he hablado, claro. Me imagino que tendré que acabar haciéndolo, pero prefiero esperar a ver cómo reacciona mi cuerpo a la quimioterapia.

¡Madre mía! Qué guapas, qué altas, que rubias, qué ricas son todas en esta revista. Mira esta, qué casa tiene…

Y el caso es que se casan tres veces, se divorcian, se operan, tienen hijos, van a fiestas, al gimnasio… y no se despeinan nunca.

¡Ay! Mira mi horóscopo; no tiene desperdicio: «Una temporada brillante en el plano amoroso y social; la convivencia conyugal y familiar será muy satisfactoria; si estás sin pareja, será tan fácil vincularte con los demás, que las posibilidades de iniciar romances serán muchas. Buenos augurios con respecto a la economía y el manejo del dinero, contarás con protección astral para tus finanzas. Buena salud».

Pues nada, vamos a creernos que todo va a ir bien.

¿Ya es mi turno?

Mira, no creas que estoy loca ni que tiro el dinero:

Quiero que me laves la cabeza.
Quiero sentir que me lavan el pelo una
última vez.

Y luego, que cortes. Corta al cero.

8.- Redes

No es la vida real, lo sé, pero provoca sentimientos tan reales que me desconcierta.

Claro que tontea contigo; hace muchísimo tiempo que me di cuenta, por eso la agregué, porque no quería que me pasase con ella lo que con la otra, que casi me muero de celos.

Quería vigilarla de cerca. Aquellas dos no me importaban tanto: una era boba y la otra una cursi; pero esta es muy inteligente.

Con aquella estoy disgustada. Se supone que es mi amiga y en privado me manda unos mensajes cariñosísimos, pero en público sus comentarios hacia mí son completamente despectivos. Creo que en el fondo me odia.

Sí, sé que Ana está aquí; y Antonio. Pero los tengo bloqueados. No quiero verlos en muros de amigos comunes, ni muchísimo menos quiero que ellos sepan nada de mí. Y por supuesto, no quiero que se enteren de esta relación nuestra que empieza.

Como la de aquellos dos, que están liados, claro. ¿Recuerdas aquella semana en la que desaparecieron los dos a un tiempo y volvieron luego absolutamente felices?

No, no, no pienso poner nunca nada de mi enfermedad. Sólo faltaba que los pocos que me aprecian empezasen a compadecerme.

Lo que me da un poco de miedo es haber colgado las fotos de mis niños. Hay tanto loco por ahí… Pero teniendo cerrada la privacidad de mi muro no tiene por qué pasar nada ¿no?

Este… no sé, desde que hablaste con él de lo nuestro ha dejado de poner «me gusta» en mis cosas. Estoy segura de que me desprecia. Aunque no acabo de entenderlo muy bien, ¿no soy libre?

Por cierto, ¿has visto el comentario de ese justo después de que yo le contara lo mío? No sé qué le ocurre últimamente, que parece estar enfadado con el mundo.

Y con este otro no hago más que tener malentendidos. Es terriblemente

complicado este sistema de comunica-
ción al que le faltan el tono y los gestos.
Si yo supiera poner guiños, sonrisas y
corazones, quizá evitase muchas cosas.

No sé, no sé, no sé.

Esto de féisbuk produce paranoias
muy raras.

Casi estoy por ir a un psicólogo. O
por desintoxicarme una temporada.

En ocasiones veo muertos.

9.- Diario

Pues nada, empiezo. ¿Cómo se hacen estas cosas? ¿Se pone «Querido diario» o algo así? ¿Se habla en primera persona o en segunda? No sé, ni idea.

Y es que sí. Que al final fui al psicólogo; una chica muy maja, Pilar.

Me dijo: «Escribe». Yo le contesté: No sé. «No importa, no tienes que saber, no vas a participar en ningún concurso literario. Sólo tienes que escribir las cosas que te pasen por la cabeza y me lo traes a la próxima sesión. No pienses en hacerlo correctamente, ni en lo que yo quiero oír, tú sólo escribe. Escribe como hablas».

Así que aquí estoy, escupiendo líneas.

Supongo que lo que ella quiere es que le cuente cómo llevo lo de mi enfermedad, y los efectos secundarios de la quimio y todo eso. Pero es de lo que menos ganas tengo de hablar, la verdad.

Cree también que me vendrá bien escribir para no sentirme sola. ¿Qué sabrá ella de soledad? Yo la llevo a cuestas siempre y tampoco está tan mal. O sí.

Echo de menos a Ana de vez en cuando. No a ella en realidad, sino a alguien con quien poder reírme y llorar, salir, emborracharme, poner a parir al cabrón de Antonio y hablar de ese chico de internet que está empezando a ilusionarme como una quinceañera. A veces me imagino que en realidad es un adolescente lleno de granos o un anciano lleno de arrugas o, peor aún, un camionero lleno de músculos. Pero en su foto de perfil parece un hombre muy normal, guapo incluso, y me escribe unas cosas… Parezco boba. Jamás vamos a conocernos. Y tampoco sé si quiero. No tengo mucha suerte con los hombres y no me apetece estar presente cuando se convierta en rana.

Ahora mismo lo que tengo en la cabeza es la entrevista en el Inem de la semana que viene. Y el fin de curso de los niños que, ay dios, menos mal que son espabilados, porque con el año que llevan no imagino ni cómo han podido ir aprobando todo. No sé a quién habrán salido. Seguramente algún antepasado de mi familia fue un intelectual. De la familia de mi ex no, seguro.

Si consiguiera un trabajo lo primero que haría sería llevarlos a la playa. Pero con la mierda de subsidio que cobro, para comer y lo justo.

Un día en la playa. Un día en la playa. Un día en la playa. Nada, que por más que lo escribo no se materializa.

Planes. También me ha dicho Pilar que hable de mis planes.

Los más inmediatos, poner a remojo unos garbanzos. La entrevista. Volver a las clases de yoga. Comprarle pantalones al niño, que los lleva todos que parece que va a pescar. Volver a pintar. Ir a ver a mi padre. Buscar trabajo. Volver a... ¿Volver a qué? No quiero ya volver a nada. Quiero avanzar. Quiero avanzar.

Quiero un día en la playa.

Oye, no está tan mal esto de escribir. Se queda una como nueva. Y eso que casi no he escrito tacos ni nada, que me decía Pilar: si tienes ganas de cagarte en alguien hazlo, que te vendrá muy bien. Pues mañana sigo y vomito unos cuantos.

Que hay que hacer caso a los psicólogos, que saben mucho…

10.- Inem

Buenos días. ¿Me siento? Gracias.

Sí, ahí lo tiene todo. Es lo que hay.

¿Estudios? Terminé el COU, pero no hice nunca la Selectividad. En casa hacía falta dinero y empecé a trabajar de dependienta en una lencería.

No sé, varios años, hasta que me casé. Luego tuve que dejarlo porque a mi marido no le gustaba que trabajara y mucho menos vendiendo bragas. Me ganaba algunos duros cosiendo para algunas señoras del barrio.

¿Alguna otra experiencia laboral? Sí. Después del divorcio trabajé limpiando varias casas, hasta que me quedé con una sola, con la de doña Luisa, porque me quería a tiempo completo. De hecho, me quedé a dormir incluso alguna noche.

Ahora parece ser que ya no me necesita, así que aquí estoy.

No, idiomas no. Chapurreo un poco el francés, que es lo que estudié con las monjas, pero mi inglés no va más allá de las letras de los Beatles.

Lo de la informática… bueno, ¿cómo es eso que se dice? A nivel de usuario, ¿no? Pero aprendo rápido, se lo aseguro.

No, no, no estoy enferma. Lo estuve, pero ha salido todo muy bien. De verdad. Ha sido duro (¿Ha tenido usted cáncer? No, claro que no... perdone...), pero ya solo tengo que hacerme revisiones anuales. Me siento fuerte. No se imagina lo que aprende una en situaciones como esta... ¿Sabe? Creo que debería incluirlo en mi currículum.

¿Que puede que haya algo? Diga, diga...

En una taquilla de unos cines... Media jornada, solo por las tardes... A veinte kilómetros... Salario mínimo...

¿Podría ver las películas? ¿Sí?

Joder, claro, me interesa. ¿Dónde hay que ir?

Ay, señorita, perdone el joder, se me ha escapado…

Sí, sí, lo recojo todo. Venga, buenos días. Y gracias.

Bien, bien, bien, joder, bien.

Ahora mismo se lo cuento a los niños, y escribo a Miguel y se lo cuento, y lo cuelgo en féisbuk, y se lo cuento a cualquiera con quien me cruce… Que puede que vaya a trabajar en el cine, como la Roberts.

11.- Fin de curso

«Resumen del informe psicope-dagógico de competencia curricular: rendimiento, actitud y estrategias de aprendizaje».

Buf, qué miedo. A ver, a ver qué dicen. Las notas son muy buenas, así que aquí no tiene por qué poner nada malo, pero es que estas maestrillas usan un vocabulario que no sabe una por dónde le van a salir…

Venga, primero el chico.

«.- Alumno muy inteligente y con altas capacidades; se sospecha, incluso, cierta superdotación en el área matemática».

¡Toma ya! ¡Lo que me faltaba! No, si ya me parecía a mí que lo de querer jugar al ajedrez era algo raro para un niño tan pequeño. ¿Y ahora qué se supone que tengo que hacer yo con él, eh?

«Inquieto y hablador, pero educado y respetuoso; responde bien a las correcciones».

Eso es verdad, sí señor. Es igual que una lagartija, pero es buen chico.

«Participativo, alegre. Es, fundamentalmente, un niño feliz».

Oh, si casi me dan ganas de llorar... Jamás me habían dicho nada tan bonito de mi niño. «Un niño feliz». A ver si va a resultar que no lo estoy haciendo mal.

Hale, pues abro ahora el sobre de la niña.

«.- Alumna inteligente y trabajadora».

Bueno, esto empieza bien…

«Responsable: jamás ha venido con las tareas sin hacer».

Qué peso me quito de encima… Si es que yo apenas puedo ayudarla, claro. Y ella se encierra en su habitación y cuando dice que ha terminado, pues a fiarse.

«Despierta, observadora, creativa, con una gran imaginación. En varias ocasiones se la ha visto hablando sola».

Ay, si es que esta niña es igual que su madre.

Y no digamos físicamente, que todo el mundo lo dice, que no puede negar que es hija mía…

Que ya pienso yo a veces que un día, dentro de treinta años se va a llevar un susto enorme, porque se va a mirar al espejo y va a verme a mí.

12.- Playa

Uno dos, uno dos, probando.

Sí, parece que funciona. Y yo que ni sabía que existían estas grabadoras digitales… Es lo que tiene ser mujer del siglo XX.

Es mi primer regalo de cumpleaños desde hace mucho tiempo, casi desde que era una niña. Me la ha enviado Miguel por correo.

Silencio.

No sé aún qué siento por Miguel. Él quiere que nos conozcamos, está dispuesto a venir aquí en cuanto yo le diga. Y yo, de momento, no le digo nada.

Silencio.

Oye, este vino no está haciendo el efecto que esperaba… Me está poniendo mustia, y no puede ser, que yo he venido aquí de celebración.

Mis amigos van a darme una fiesta; cuarenta años no se cumplen todos los días. Y sí, genial, me apetece mucho, pero antes he querido brindar yo sola. Aquí, en la playa, por fin.

El mar, la arena, la noche, una botella de buen vino y yo.

Silencio.

Así que brindo. Brindo por mis hijos, por mi nuevo trabajo, por mis nuevos amigos. Brindo porque sigo viva. Y brindo por mí, que soy la mejor, qué coño. Que ya me lo decía mi abuela: «Nena, tú siempre con la cabeza alta; que nunca jamás nada ni nadie te haga bajar la cabeza, y que nunca se te olvide que puedes con todo».

Pues nada, mirada al frente y una sonrisa.

Silencio.

Uf, el mar. Qué hermoso es el mar. Y qué ganas tenía de mirarlo, de plantarle cara, de decirle «aquí estamos».

Silencio.

Solo se escucha el ruido de las olas.

Una mujer aún hermosa, desnuda, se acerca bailando a la orilla. Va entrando poco a poco en el mar. Cuando el agua le llega hasta la cintura, se gira durante un segundo y hace un corte de mangas.

Luego se zambulle.

[13.- Final]

Me levanto descalza y a oscuras, dejando atrás esa cama vacía que todavía huele a él.

Busco a tientas una manta y el refugio de mi sofá azul, un lugar donde acurrucarme durante horas y no pensar.

Tropiezo.

Dame la mano, mamá. Estoy perdida.

MODELOS DE LAS FOTOGRAFÍAS:
Anacelia Álvarez
Alfredo Garay
Niños: Eloy y Gabriela Franco

MAQUILLAJE Y PELUQUERÍA:
Andrea Trabanco

ÍNDICE